JN105629

赤表紙の箴言集

堀江秀治

まえがき

　これはバカは死ななきゃ直らない人間が、バカになれば死ねると思って書いた本である

1

人を愛することには疲れるが、金を愛することに疲れぬのが人間という化物である。

2

変な男と変な女が結婚をし、変な子供の生れるところを世間と言う。

3

民主主義とは、頭の空っぽな欲深い国民が、ぺらぺらと口のうまい政治家を選び、国家を借金塗《まみ》れにして国を潰す政治システムである。

4

お化け屋敷がこわいのは、自分の本性を見せつけられるからである。

5

学者とは、他人の答案紙を読んでそれをアンチョコにして、それをあたかも自分の答案であるかのように見せかける技術者である。

6

純粋無垢な家畜の死の方が、それを美味という欲望のために殺す人間より、私は聖なるものを感じる。

7

天使の小便を慈雨という。

8
芸術家とは、自然という最高の価値が分らず、意味のないガラクタ品を作って売りつけるペテン師である。

9
スカンクに己の臭さが分らぬように、人類には己の臭さがとんと分らない。

10
浮気をするのは、吐き気の解毒剤だからである。

11
ペテン師の喜びは、人を騙すことではなく、人間だけが見せる欲望の愚かさを見るためである。

12

「人命は地球より重い」と言った馬鹿な政治家がいたが、それほど馬鹿でないと政治家が勤まらぬのが日本という国である。

13

兵士が勲章をもらうのはそれなりの（命を賭けたのだから）意味はあるが、芸術家のそれは、ストリッパーがそれをを付けて観客の前に出るようにしか私には見えない。

14

香水が豚のオナラからできていると知っても女はそれを使用するだろうし、男は豚のオナラに引かれる。

15

夕陽を見つめ涙を流す少女がいた。その耳元で少年が「好き」と囁いた。そういった男女に限って、不幸な結婚生活を背負《しょ》い込む。

16

有名人とは頭の空っぽな美装の言葉で着飾れる人である。

17

聖人とは人生が一回限りだということを理解せぬから、悪徳の楽しみに陥らぬのである。

18

悟った人とは、どんな下らぬことにもどんな誘惑にも、またどんな美酒にも酔わぬ、二日酔いの頭で生きている人である。

19

バカを休み休みに言ったらバカではなくなる。バカとは休みなく喋る女の特権である。

20

女性がかわいい微笑を浮かべるときは、大抵、どす黒い金勘定をしている。

21

監視国家の欠点は、誰もが動物園の飼育員さんのような動物好きでないことである。どちらかと言うと養豚業者に近い。

22

恋人を持つ男が、同時に売春婦のところへ通うのは、善悪の問題ではなく、単に人間が猿より進化したことの証である。

23

生真面目《きまじめ》なお説教をする人間より、他人《ひと》を笑わせる人間の方が人間の愚かさをよく知っている。

24

人間とは限りなく空虚である。愛し合うのも、憎み合うのも、仕事にふけるのも、単なる人生の空虚さを埋めるための行為にすぎない。が、なぜか人は自分の一生が単なる空虚にすぎぬことを悟ろうとはしない。

25

アウシュヴィッツは不毛の土地だと思っていた。そこに花が咲き、小鳥の囀りを聞いたとき奇蹟のように思われた。自然は人間より偉大なのだ。

26

私は悲しい歌をうたいたい、夜の潮騒のように。私は楽しい歌をうたいたい、初夏の微風《そよかぜ》のように。そしてそうした人生を過したら、深海の魚のように静かに眠りたい。

27

恋人は命がけで愛するが、売春婦は欲得からである。私がプロを好むのは欲得ずくだからである。もっとも今日、恋人も欲得で愛するという技術を身に付けた。さすが技術大国である。

28

プロの乱作家の作品を見ていると、売春婦の男遍歴を見せられたような気がする。

29

立小便をしていたら逮捕された。猥褻《わいせつ》罪かと思ったら排泄罪だった。どうやら犬より劣るという理由らしい。

30

××賞を取ったといって喜べる人間は幸福である。そんな安直なことで自分の価値が上ったと錯覚できる、その愚物性が。

31

女を引っ掛けるには金と食い物である。だからコックは男の職業になった。

32

女を花にたとえると、それは愛《め》でるものであって、食べるものではない。食中毒にでもあったような子供を見かけるのはそのせいだろう。

33

添《そ》い遂《と》げた夫婦とは、ついに一度も軽蔑という言葉を面《おもて》に表わさずに済んだ夫婦である。

34

一般に子を儲ける行為は下品で、淫らな行為と言われる。しかし下品で淫らなことが成就すると目出度いという。私はこの論理が理解できない。私は自分が下品で淫らな存在なのか。目出度い存在なのか悩む。

35

破廉恥とは、道徳家がやってみたい最大の価値、という意味である。

36

黒人と白人との間に差別があるとしたら、囲碁とは差別遊技なのだろうか。

37

金や女のことで自殺する男とは、ある意味人間の本質に近づいた者である。金色というように、男は金と色とだけで生きる存在だから。

38

人の命が重いという現実を支えているのが家畜の軽い命だ、ということを考えることもせず、ただ立派そうなことを言うのが人獣という生き物である。

39

道徳的知識人のファンになる人々とは、私には愚か者にしか見えない。私は新聞を拾って読み、図書館でタダ本を読み、その結果、立派そうなことを言って、金を儲ける知識人という偽善者になった。

40

世間は棺桶のなかの死人を見て、おれでなくて良かったという善人と、様まあ見ろという悪人とに分れる。どちらもいずれ自分もそこに入るのだということを知らぬ、天使のような愚物である。

41

この世で決して売れぬのが「馬鹿につける薬」である。これは人間が誰も自分を馬鹿だと自覚できぬ、本物の馬鹿だからである。

42

ママ友とは子供をダシにした虚栄心と猜疑心との微笑みから成る友情の別名である。

43

人間とは愛のために人を殺すことも、愛されて殺されることも、理屈上同じだということを理解しない不合理な生き物である。

44

いかなる結婚にも愛があると信ぜられ、いかなる売春も金目当てだと思われているのは、どこか、いかなる伝統ある宗教にも愛があり、いかなる新興宗教も金目当てだと思われているのに似ている。

45

マドンナには大抵真旦那《まだんな》がいる。

46

豚はいつも悪者にされるが、それをうまそうに食う人間は、豚よりも質《たち》が悪い。

47

ある科学者の対談があった。一方は「不老不死」の研究者で、他方は「余命三ヵ月になれる薬」を開発している者であった。初めは和気藹々であったが、そのうち険悪になり、やがて殴り合いの喧嘩になり、ついには不老不死の研究者が殴り殺された。私はそれを見てつくづく科学の本質を知った。

48

人間は振り込め詐欺をするまでに進化した。事実、人類はそれによって命を振り込むまでに進化した。その名を愛国心と呼ぶが、その困った点は、それが美名にも悪名にもなることである。

49

偽善者の喜びは良い人と見られることである。人間はこれを日常とする悪習を持つ。

50

大抵の偽善者は出世する。

51

あくなき真理の探究者とは、私にはあくなく馬と鹿との区別に拘《こだわ》る人のように見える。

52

悪趣味で頭の空っぽな人間が幅を利かせるのが世間であり、それを好むのが大衆である。

53

真理を知りたければ偽善者になることだ。その裏側にはたんとそれが詰っているから。それは真理を説く者がよく知っている。

54

トイレの蓋を開けておくべきか、閉じておくべきかで悩む人間は、自分がなんのために生れて来たのか分らない。

55

趣味の良さ悪さとは一種の風俗に過ぎない。それでいて趣味の良さ悪さがある。これはある種人種差別に似ている。かつては誰もが白人になりたがったが、未来は黒人の時代になるかもしれない。かつて顔黒《ガングロ》がはやったように。

56

人を多く殺した人間は歴史に名を残す。ナポレオン、チンギス・ハーン、ヒトラー等。虫も殺さぬような人間は歴史から抹殺される。人はなぜか歴史をそのようにしか読みたがらない。

57

マス・メディアとは人の不幸の生血を吸って生きる吸血鬼である。大衆はなぜかその血で養われることを喜ぶ。

58

人の死とは「おれも小便をもらすようになったから終わりだな」と思い、次に大便をもらしたときに同じように思い、ついになにも漏らすものがなくなった時のことである。

59

宗教家とは人の死で金を稼ぐ人のことであり、哲学者とは自分の死を笑う痩せ我慢の塊《かたまり》である。ソクラテスを見よ。

60

生きることばかり考えず、夜寝る前くらいは死ぬ練習をしておきたまえ。人の一生とはそうしたものなのだから。

61

明日《あす》のことを考えるのなら、今日《きょう》を精一杯生きたまえ。神様は気まぐれだから。

62

飽きもせずエロ本のなかに夢を見る男と、飽きもせずキャバクラに通って金を巻き上げられ、酔っ払う男とは同類である。それを何と言うかを、四文字熟語に熱中している小学生は知っている。酔生夢死だと。

63

運命の女神は女性には微笑まない。女とは神でも嫉妬深いのだ。男に微笑んで、そして地獄に落とす神である。

64

資本主義における人間とは、金に扱《こ》き使われ美装の棺桶に納めれる奴隷である。

65

他人《ひと》の不幸をじっくり味わうと、人は幸福になれるものである。嫌がらせを趣味にする人とはこの種の人である。

66

民主（衆愚）主義はアイドルを好む。政治家も週刊誌も。アイドルとは笑い物の別名である。

67

人間とは金儲けと色恋沙汰とで、人生の退屈さを紛らわすように作られた生き物である。つまり金色夜叉《こんじきやしゃ》である。

68

人が幸福になる秘訣は、けして自分が馬鹿であることが悟れぬほど馬鹿であることである。世間とはそうした人たちによって成り立っているから「馬鹿につける薬」は売れぬのである。

69

美食とは、手塩にかけて育てて愛した物を殺して食うことの謂である。だから美味なのである。

70

虫は生命を持っていないと思われるから殺されるのである。かつてのユダヤ人のように。

71

敗戦後の日本の子供の頭に美味という言葉はなかった。餌である。豚と同列に並んでいたから、頭も同等になった。

72

他人《ひと》の不幸は美味である。だが自分の不幸となると神にすがるしかない。しかし神はタダで人を救ってやるほどお人・好しではない。なぜなら神は人ではないから。

73

いじめの楽しさは、相手の苦しみが分るからである。いじめ道楽の度が過ぎたのがヒトラーである。だがそれが人間の本質でもある。

74

人は他人《ひと》の不幸に喜んで同情する。これほど偽善者面のできる機会はまたとないからだ。これは裏を返せば、世間にはいかに不幸な人が多いかと同時に、いかに偽善者が多いかの証である。

75

世界的に有名な人とは、大抵多くの人間を救った人より、殺した人間だ。

76
人は神が存在し救ってくれたらという願望を持つが、それは同時に神が存在しないことの証明でもある。

77
偉人とはしばしば悪魔の勲章を付けている。

78
「命と金とどちらが欲しいか」というから、「命だ」と答えたら殺された。神様とはそういう性質の存在である。

79
人は身分社会を好む。現代も金とおべっかによってそれが成り立っている。出世する奴はその両方を持っている。

80

サザエさん一家の名前はみな食べ物の名である。作者は始めから読者を食い物にする積りだったのだ。

81

西洋文明に憧れる日本人は、彼らが「人の命は貴い」と言いながら、始終、戦争で殺し合っているところに引かれるのだろう。

82

才能という陳腐なものを有難がるのが、芸術家という陳腐な人種である。

83

自分が有名人で成功者だと思っている人間は相当なバカである。しかし幸か不幸か世間はそうしたバカをもて映やすバカに満ち溢れている。

84

尊厳死は真面目に考えられて来なかった。「人の命は貴い」の一点張りである。世間に誇りを持って生きる者がいなくなったから、誇りある死もないのである。ただの死なら豚以下ではないか。しかし豚の死は人に喜びを与える。

85

人は殺人を嫌うが、もともと他の生物を殺し生きているのが人間である。その意味では人とは善人の仮面を被った野獣である。

86

「得《とく》」することしか考えない西洋人は、社会主義が理解できない。社会主義とは、みな互いに「損」をすることで「和」を図る社会だということが。

87

葬儀場で死人の骨を拾うにも作法があるのに、現代人は飯《めし》を食うのにもそれがない。死人は飯の種になるからだろう。

88

鳥インフルエンザで殺処分される場面を見ていると、なぜか私はアウシュヴィッツを思い出す。

89

禅では人を糞袋と呼ぶ。すると神はなんの袋だろう。確かなことは人以上に悪臭がするだろうことである。

90

私は通俗小説が好きである。そこにおける主人公達のふしだらさは結構笑える。ドジなストリッパーの演技を見るように。

91

人が真面目な悲劇を演じれば、演じるほど私は笑いを堪《こら》えることができない。他人事とはそのように面白いものなのだ。

92

悲劇を演じる人間はめったにいない。悲劇を演じる人間は、他人には喜劇と映るからだ。

93

女は離婚慰謝料を取っても、それを自分の愛の贋した価値が、それだけのものだという思考を持たない。要は相手を苦しめてやりたいだけであり、自分の人生を滅茶苦茶にされたと思いたいだけのことである。

94

ある女が見え透いた脱税を行い、しょっぴかれた。税務官は「どうしてこんな馬鹿な脱税をやったのだ」と尋ねたら「だって、あんたの喜ぶ顔が見たかったんですもの」と言われたので税務官は思わずゾッとした。女とはそうしたゾッとする生き物である。だから男は虜《とりこ》になるのである。

95

人生とは朝起きて、一日のことを考え、「また今日もか」と思うことを、一生忘れて生きることの謂である。

96

貨幣の支払われぬ労働者を奴隷といい、貨幣関係で繋がっている奴隷を夫婦という。

97

小便小僧が存在し、小便少女が存在しないのは、単に西洋においては、かつて男には立小便をする権利があったというだけのことだ、ということを日本人は理解しない。つまり男女平等とは女性にも立小便の権利がある社会になったというだけのことだ、という風に理解する頭を持たない。

98

評論家とは、自分の意見を持ちたいと思っている大衆に有りがたがられる存在だが、評論家が必ずしも自分の意見を持っているとは限らぬ、ということが分らぬのが大衆である。

99

現代とは広告さえうまければ訳も分らず売れ、それを買って物置部屋に投げ込むというアホな時代（資本主義）である。

100

子供の身体検査とは少年・少女愛の別名である。それが病的になると小児科医になる。

101
政治家、学者、知識人とはもっともらしいことを言って金を稼ぎ、いざとなると命を惜しむ商売人である。

102
人間にできること、黙って死ぬこと、女にできぬこと、黙っていること。

103
人はいつから愛する者のために死ぬ、という嘘を言い出したのか。結婚したが愛し合えなくなった夫婦は、その代償にその愛を帳消しにするために、無意識に児童虐待によって子供を殺す。

104
人間の幸福は富、権力、名声。馬の目の前にニンジンをぶら下げて突っ走る虚しい幸福。パスカルはそれを神なき人間の惨めさと言って神を肯定したが、ニンジンを鱈腹食い尽した人間は神を殺した。

105
芸能界とはスター（星）と星屑とからなる暗黒世界である。

106
「無」とはなにか、と言って理屈をこねる輩《やから》もいるが、それはただ死人になるだけのことである。要するに死ぬのが怖いから理屈をこねるのだ。

107

パスカルは「クレオパトラの鼻がもう少し低かったら、世界の歴史は変わっていただろう」と言った。生きることに退屈した人間は、そんなレトリックで己の虚しさを埋めるしかないのか？

108

格言を書く人間とは、己の空虚さを知らぬ知識人とまったく逆《ぎゃく》の人間である。

109

恋人同士は天地神命に誓って愛し合い、結婚すると天地神命に誓って憎み合う。

110

愛し合う男女がキスするのを、唾液菌を交ぜ合わせる不潔行為と見る私の頭はおかしいのか。ジジイとババアはそんなことはしない。さすがにその歳になれば、それが気違い沙汰だという分別も付こうというものだ。

111

人間であることの三大証明は嘘と悪口と食い意地によって成り立っている。

112

暗殺されても運がよければ、竜馬のような雑魚《ざこ》でも歴史に名が残る。歴史とはほとんど運のよし悪しによって決る。

113

世に一流が無視され、二流がもて映されるのは、大衆が三流だからである。

114

人は物を借りるとき、一時的に自分の所有物になると思い、返すときには永遠に他人の所有物になるように思えるから、応々にして借りたものは返さない。

115

女は朝起きたときから、夜眠るときまで自分の顔に不安を――中には死に顔にさえ――持つことを原動力とするから、男より長生きするのである。

116

火星人が地球人をどう見ているかなど、考え及ばぬように、他人が自分をどう見ているかを考えぬことによって、平和はかろうじて成り立っている。

117

平和とは思いやりのある主人と、馬鹿な召使とによって成り立っている、という定義が成り立つとすれば、平和な夫婦というものは成り立たない。主人が二人いることは不幸なことだからだ。

118

資本主義とは腐った金儲けの美称である。ここでは悪魔という高尚な価値でさえ栄《さか》えない。

119

ノーベル賞、オリンピックの金メダルに金銭が付随しなければ、誰もそんなものを欲しがらぬだろう。これが戦争の原理と同じであることに気づく者はめったにいない。

120

戦争になぜ勲章が必要なのかを人は考えない。それでいてそれを付けている人を特異な目で見る。しかしそれが過ぎ勲章だらけになるとマンガになる。

121

「名は体を表す」というが、悪人も愚物も概して立派な名前を持っている。それは愚かな親が、名前という博打に賭けて育てた結果である。

122

人間とは美しい物を醜く、醜い物を美しいといって感動できる希有な生き物である。美女は己の心の醜さにまで感動できるから、世間からちやほやされるのだ。彼女の醜い心は世間の心が読めるほど鋭い。

123

人間とは富という撒き餌に群がる雑魚である。雑魚はそのうち大魚に食われる。

124

ペットの糞を拾う愛犬家はいるが、愛人のそれを拾ってやる奴はいない。その時だけ自分が愛犬家より質《たち》の悪いことを忘れるのが愛人稼業だ。

125

ファッション・ショウとは案山子《かかし》の尻振り行列である。そんな案山子になるために、女とは金を払う生き物である。

126
大食い競争をする人間、そしてそれを見て楽しむ人間の豚愚性。

127
医者は患者の痛みが感ぜられなくなって、初めて一人前になる。それは機械修理工のような心境になれて、初めて臓器移植も部品交換だと思えるようになるのと同じである。

128
愛犬の死に涙を流す夫婦は、連合いのどちらか一方の死に悲しめぬことを、無意識に知っている夫婦である。

129 愛し合う夫婦とは、憎み合う人間の本性を知らぬ獣《けだもの》である。

130 愛し合う夫婦とは、互いの憎しみの量を自然調整していることを自覚できぬ鈍感な夫婦である。

131 博学者とは薄学者の戒名である。

132 悪口は蜜の味。褒め言葉は偽善者の味。

133

人々が大観客席で熱狂している。それは、その上で死神が昼寝をしていることを人々から忘れさせる瞬間である。

134

人類とは膨大な武器という鉄屑と、人を殺す殺虫剤とを作ることに熱中してきたエイリアンである。

135

道徳家とはもともと不道徳な人間が「変身」した姿だと、カフカは言った。

136

女を手懐《てなず》けるのは金である。男を手玉に取って金をせびるのも女である。どちらにしても女は金を儲けねば気が済まない。

137

世界は技術により何事も速く、軽量化し、便利になったが、そのぶん人間の方は考えず、軽薄化し、都合のよい思考しかしなくなった。

138

この國では唯一、無能で国を亡ぼせる職業が政治家である。

139

女の一生とは、着飾ることに一生を費やし、棺桶の中に入ってもそれを諦めぬ壮大な喜劇である。

140

幸福な人生とは中味がないのに、あったかのように見える幸福な喜劇である。だから多くの人間が、お笑い芸人になりたがる。

141

人間が死ぬ間際に知るのは、自分の一生が「赤信号、みんなで渡れば恐わくない」程度のものだった、と悟ることである。

142

馬鹿の共通点は、馬も鹿も食用になることである。つまり食い物にされる点である。

143

美食家とは、自分の食事が猿のそれとは異なることを証明しているだけだ、ということを自覚できぬ頭の持主である。

144

神を信じる者は、生命がただ亡びるために進化していることを認めたくない人間の創作物である。

145

出世する人間とは、自分の人格が疑われていることを自覚しない人間である。

146

天才とは苦痛以外のなんの楽しみもない人間である。つまり苦痛が快楽になるという逆説のなかを生きている。だから凡人には天才の心が分らない。

147

他人《ひと》に心底、腹が立って仕方がないときの解決法は二つしかない。自殺するか、殺すかである。これがサルからヒトに進化したことのすくなからぬ証明である。

148

他人《ひと》を非難する人には事欠かぬが、自分を非難する人はめったにいない。そしてそうした善良な人間を気違いといって馬鹿にするのが、人間という狂人である。

149

人は生れたとき、小便、排便をし御襁褓《おむつ》を替えてもらっていたことを忘れるように、将来そうなるかもしれぬということを考えぬところに、人の幸福は成り立っている。

150

暇さえあれば他人《ひと》の悪口を言っている人間は、暇さえあれば自分の悪口が言われているることが分らぬ人間である。人間の道楽とは大抵、そうした空虚さの上に成り立っている。

151

朝から晩までゲームにのめり込む人間は、二十日鼠が空車《からぐるま》の上で走り続けている空虚さに似ている。その内二十日鼠のように医学用の実験台にされるかもしれぬという自覚が持てぬ幸福な鼠である。

152

一日中、携帯電話に熱中している人間には自分が支配されているという自覚がない。街には携帯電話に取りつかれた亡霊に溢れている。

153

他人《ひと》を食いものにして幸福が感ぜられる人間は、自分が食いものにされたとき、誰かが幸福を感じているはずだ、という創造力を持てぬところに成り立っている。

154

女の知能は、化粧品が化物になるための商品であることが分らない。彼女らは高い金を払って化物になる。私はタダで化物屋敷のぞくぞく感を楽しめる。

155

虐殺の多くは、ペットを飼い切れなくなったペット業者の心理とそれ程変わらない。

156

ペットにマイクロ・チップを埋め込み、認識・所在確認をするのは、徘徊老人よりも金銭的に価値が高いからである。

157

慈善家とは金が有り余り、溝に捨てる気になった鼠男の別名である。

158

見ず知らずの人間が、金で繋がっている妖怪文明を資本主義という。

159

嘘付きは泥棒の始まり、というのは道徳屋の発明した巧妙な嘘である。正しくは嘘付きは人間の始まりである。

160

学問とは狡猾な嘘の上に成り立っている。そして世間はその狡猾な嘘のために、金を払って教えを請《こ》う。

161

知識人とは狡猾な嘘を付いて食っている者であり、自分が狡猾な嘘をついていることを自覚できぬ狡猾な馬鹿である。

162

政治家とスターとの共通点は、顔が良く、口がうまいことである。分りやすく言えばペテン師の素質の問題だということである。

163

お笑い芸人の素質は、自分がいかにバカであり、それを自認し、それでも売れぬことを悟って、ようやく一人前になる。つまり利口になるよりバカになる方が余程むずかしいということである。

164

お笑い芸人と美人女優とが結婚すると、世間は「アッ」と驚く。犬と猫とが結婚したとでも思うのだろうか？

165

ファッション・ショウとは栄養失調の女が乞食服を着て、尻を振って、類人猿のような観客に、乞食服を売りつけようとする悪趣味なショウである。それが悪趣味であればあるほど女は憧れる。

166

独裁者とは自分の肛門に指を差し入れ、その薫《かお》りにうっとりできる人間である。

167

私には日本人とは、西洋かぶれの鸚鵡《おうむ》がたった一つ覚えた英単語、フール（お馬鹿さん）を得意になって喋り捲《まく》る九官鳥以下の鈍鳥としか思えない。

168

国会答弁を見ていると、上品なハゲタカが自衛隊員の禿頭に毛戦力があるか、ないかの不毛な議論をしているようにしか見えない。

169

政治（外交）とは漫才と同じだと考えるべきである。相手国が突っ込みを入れて来たら、上手くぼけるのである。さすれば観客（国際社会）は笑うだろう。日本はお笑い大国であるにも拘らず、このセンスが政治家にはない。

170

テレビを見ていると、愛と恋とのバーゲン・セール場を連想する。愛と恋とは、現実にはもっと金がかかるということを忘れさせてくれるから売れるのかもしれない。

171

日本人が近年、新聞を買わなくなったのは、それがただの紙であることに気づいたからである。昔、新聞紙はバナナを包むか、電車の通路に広げてその上に寝るためのもので、読むものではなかった。

172

女好きの男の自慢話は、大抵、ホラ吹き男爵芋程度の頭から生み出されたものである。

173

デュシャンは男子用便器に「泉」と名付けて出品し、それは芸術品としての価値を与えられた。資本主義とは、所詮ペテン師が幅を利かせる世界である。

174

銀行員の多くは高学歴であるのと同時に鶏を締《し》めるだけの神経を持っている人である。だからラスコーリニコフは逆に金貸し婆ア《ババ》を締めたのだ。

175

人間が、人間家業をやっていられるのは、所詮それが甘《うま》いものを食い、腹の中を通り、糞尿として排泄されるだけの生き物だ、ということを忘れられるだけの神経があるから、遣《や》っていられるのだ。

176

詐欺師に騙される人とは、その素養のある人である。その違いはうまいおとぎ話の書き手であるのと、その読み手であるのとの違いでしかない。

177

人間とは、未来永劫、命があったら不幸だということを理解しない幸福な生き物である。

178

サディストにまで進化した生命を人類と呼ぶ。

179

知識人とはよく躾られたサーカスの馬が、金のために馬場をぐるぐる回って一生を過す人のことである。野性がない。

180

ＩＴ企業で成功した実業家とは単なる美名の守銭奴である。そしてそうした金塗《かねまみ》れの人間を尊敬し、結婚したがるのが女である。

181

歴史とは膨大な嘘よりなる人間喜劇に外ならない。歴史家は自分が喜劇役者の一人であることを認めたくないが故に、それを悲劇に書き替える商売人である。

182

悲劇より喜劇の方が楽しいのは、それだけ人間の本質から目を逸せられるからである。

183

愛人という商売は、愛があり、しかもそれをすぐに両替できるところにおいて優れている。恋人のつまらなさとの差はそこにある。

184

政治の問題はその体制にあるのではなく人にある。民主政治のもっとも優れている点はその愚民性にある。

185

人は別れの美学というものを知らない。恋愛であればその最も熟した時に別れることである。そのことを理解せず、ほとんどの恋人は結婚という狂気に走る。それはもっとも美味である果実を腐らせ、爛熟時に別れていれば、その果実の美味であったことを想像力によって一層増して味わうことができたのに。

186

人はハイエナよりライオンを好むが、本質はハイエナの習性を持つ。

187

私は人に理解されぬ思想書を書く。なんのためかと言えば、人類滅亡時にきっと「あっ分った」と言うだろうと思っているからである。つまり今から「様あ見ろ」と前喜びをしているのである。

188
ヨーロッパではカラスが（その歌声ゆえに）マリアにまで進化した。

189
人は狡猾な嘘を尊ぶことで、地獄の喜びを知る。

190
馬鹿は救いようがないが、救いようがあると思わせるのが教育である。馬鹿は死んでも直らないことを知っていて騙すのが、教育者の金儲けの手口である。

191

人は天地神命に嘘をつくが、同時に天地神命に誓えるような上手《うま》い嘘に騙されて生きたがる生き物である。

192

酒で鬱憤を晴らすのが現代人だが、本音は酒を呑みたいがために、鬱憤だらけの気違いのような社会を作ったのである。だから酒を気違い水と呼ぶのである。その水がないと社会は回らない。

193

都会の闇を白色灯で照らし、白くごまかしているのが現代文明である。

194

人は朝起きて、夜眠る時までのことをほとんど気にかけない。だから、死の間際になって「人の一生は短い」と言うのである。

195

田舎から都会に出て働き、そこでの美食に惹かれる人間は、田舎出のカラスが都会の残飯を喜んで食うのと、それ程変らない。

196

人間の脳味噌とカラスのそれとを入れ替えても、世界はそれほど変わらないだろう。ひょっとしたら、神様は間違って入れ替えてしまったのかもしれない。

197

新聞、雑誌等に記載されているのは、単なる売り物になる真実で、その背後にどれだけ売り物にならぬ真実があるかを知らぬことが、現代人の美徳である。

198

真実とは歪めば歪むほど真実らしく見え、読者はそれに引き寄せられる。

199

学校で教えられた真実臭に染まり、そうした彼らが社会に放出されることによって、社会の悪臭は成り立っている。

200

善良な知識人とは善良な嘘を吐くことによって、自らの肥溜めを金《かね》で満たして行く人のことである。

201

欲深い人間とは質《たち》の悪い人間ではなく、単に金獣だというに過ぎない。

202

一見、嘔吐《へど》を催すような人間であっても、内面の美醜とは関係がない。むしろ美しい人間の方が嘔吐の素質を多く持っている。

203

善良で多くの読者を持つジャーナリストとは、それだけバカを引きつける魅力を持っているというに過ぎない。

204

もし白米が黒かったら人は食べたがらないだろう。人種差別の本質とは、単にそれだけのことかもしれない。烏と白鳥との違いである。

205

私は観光で人を集める日本より、尊敬で人を集められる国であって欲しいと思う。つまり金より誇りである。ただその誇りには軍事力が必要だ、ということが日本人には分らない。いじめられる奴が尊敬などされる訳がない、ということが。

206
朝から晩まで痩せることを考え続けた女の一生を、痩せ我慢の一生という。

207
清き一票の裏に金《かね》の臭いを嗅ぎ取れてこそ、まともな政治家である。だから今の政治はまともではない。

208
清い政治を目指す政治家は、掛値なしに国民を不幸にしてくれる。

209
私は死ぬ理由がないというだけで生きている。その点、牛や豚の方が価値がある。

210

どんな政治形態を取ろうと戦争と格差とは避けようがない。これが勝組の言い分である。

211

共産主義という理想の政治思想が、独裁者という怪物を生み出すのは、人間が化物であることの証明である。

212

生の殺戮の学問を好む人間とは、棺桶のなかの快楽を貪る妖怪の謂である。

213

人間とは学問という売春婦を抱き、進歩という流産を生み出す妖怪である。

214

人間は夜寝て、朝、目覚めぬという幸福を夢見ずして、不幸な一日〳〵を過し、死に近づいて行く。

215

人間とは自分の死に化粧は気にするが、牛や豚のそれを考えようともしない珍獣である。

216

私は獣であるのに獣でなくてよかったと信じ、人間であって人間でなければよかったと思う、自分がなんであるのかよく分らぬ人間である。

217

人はパンダを見る幸福は知っているが、自分がパンダのように見られたいという幸福は持たない。

218

人は朝目が覚めて、さあ、これから素晴らしい一日が始まるのだとは考えない。奴隷の一日であることを知っているからだ。

219

人間にとって、頭が良すぎるという属性は喜劇にしかならない。ロメオとジュリエットは愚か者同士だったから、悲劇になったのだ。

220

パンダに人気があるのは、単に人間がパンダ模様に生れなかっただけのことである。

221

ピカソの絵に感嘆するのは、無意識に心の金銭登録機がその金額を弾くからである。

222

中国パンダ国家とは竹を食う珍獣ではなく、人を食う野獣である。ところが多くの人間が金儲けのために、その野獣に食われたがる。

223

人が健康に気を使うのは長生きしたいからである。しかしその長生きの先になにがあるのかを考えようとはしない。

224

昔、男は立小便をした。そのまた昔、女も立小便をした。そんなことは嘘だと思うなら、犬がオス、メス区別なく立小便することを考えれば分るだろう。

225

無い袖は振れぬ、といったら、振ったら良い物をやると言われたので試しに振ったら良い物が出て来た。そうした手品を使って政治家は出世して行く。

226

神さまが日曜日は休め、と言ったから多分土曜日も休んでも大丈夫かもしれぬと思ったので人はそうした。それをニーチェは神を殺せば毎日が休みになると思って殺したら、毎日が気違い日になった。

227

日本人の馬鹿の一つ覚え。日本は世界ランキング第何位。世界っていったい何？　だから「馬鹿につける薬」が売れぬのである。昔の日本は徳の有る無しの世界だった。

228

得てして利口そうなことを言う人間は馬鹿である。しかしその口車のうまさに乗せられるのが人間である。それはお笑い芸人がつまらぬことを言って笑わせる才能に似ている。

229 日本人の美徳には、もはや振り込め詐欺に引っ掛かる妖精的間抜けさしか残されていない。

230 反日とは半日くらいしか思考のできぬ、半《はん》気《き》違《ち》頭《あたま》のやることである。

231 女とはいつまでも花でありたいらしい。造花になってもなお、鏡に映る自分の顔を生花だと思いたがる人種である。

232

友情は美しいが資本主義では友情にも金がかかる。

233

金《かね》の安価な恋愛を売春と呼び、金のかかるそれを恋愛と言い、警察のお世話になるのを痴漢と呼ぶ。

234

根腐され病はやまいであるが、金《かね》腐れ病は栄養ドリンク剤である。

235

昔、日本人女性が裸になると破廉恥と言われたが、今日は無廉恥である。西洋の猿マネをしてビキニのストリップをやるのを、西洋人が猿のストリップだ、と思っていることを理解しない。

236 ファッション・ショウに出て来る女性が、あまりに可哀想なので粉ミルクを送った。

237 高嶺の花もいざ手に取って見るとただの花であり、しかも枯れると一文の値打もない。そうしたつまらぬ思考回路を持つことを、人類の叡智であるかのように思いたがるのが進歩人である。

238

デカルト、オカルト、アラカルト、なんだか分らぬカルト集団である。

239

金を求めても、真理を求めぬのが人間である。そのように人類は進化し、神面《づら》をして地球の玉座に納まっている。

240

共産主義とは頭の空っぽな人間が作り出した理屈であり、それにより多くの人を殺した。恋愛は、頭が空っぽで理屈もなく多くの人を産んだ。

241

大学教授とは自らの頭の中のゴミを、学生というゴミ箱のなかに投げ込んで金を稼ぐ人である。それゆえ、社会は掃溜めになる。そこに鶴がいるのは、単なるお伽噺《とぎばなし》である。

242

知識人とはゴミを装飾する人であり、それに耳を傾ける人とは、自らをゴミで装飾することによって利口になったと錯覚できる装飾ゴミである。

243

今日の情報社会とは、ゴミの流通であり、人はそのゴミに支配され、ゴミ以下の、リサイクルもできぬゴミ情報社会を作った。

244

資本主義とは、外にやることのなくなった人間が、金という欲望のために人生を空費しようとして思いついた知恵である。

245

厚化粧の女とは、心も熱いと見せ掛けようとする浅知恵である。が、なぜか男はその浅知恵に引かれる。

246

振り込め詐欺に引っ張らぬ日本人とは、自ら引っ掛けてやろうと考えている人間くらいである。日本人にとっての最大の振り込め詐欺犯はGHQである。日本人はなにかと横文字に弱い。

247

言論の自由とは弥次《やじ》合戦の自由でしかないのは、国会を見ているとよく分る。かつての武士は誇りを持っていたから弥次など飛ばさなかった。弥次は馬のためのものだ、ということを知っていたからである。

248

ある未来人から聞いた話だが、ある遠い惑星では馬族が支配し、そこでは「競人」という賭事に馬族は夢中だったと言う。その男は百メートルを九秒台で走れたので「危うく種人にされるところだったよ」と安堵の表情で語った。それに対し速く走れぬ人間は餌を与えられ、丸々と肥らされて「人刺」にして食われると言う。私はその話を聞いてから、人を食った話をしなくなった。

249

人間の本質とは不快を与える時はタダであるが、快楽を与える時は金を取る。この定義が正しければ、結婚と売春とは等しいはずだが、等しくないことにするのが人間である。だから人間の別名を偽善者と呼ぶ。

250

日本人は責任を取らない。無責任という言葉は知っていても、責任という言葉を知らぬのである。

251

男女共に脚の長い異性が好きだという人間に限って、半ば本能的に自分の体型に合わせてダックスフントを飼う。

252

ユーモアのセンスとは、基本的に根暗《ねくら》の人間が持つものである。夏目漱石のように。自分で自分を笑わせでもしないとやって行かれぬのだ。

253

恋愛感情とは、恋人の女性が思わずオナラを漏らし「ごめん」と言うと、相手の男性が「ううん、いい臭いだったよ」いう訳の分らぬものである。

254

この國では平和を口にする者は、大抵、人並み以上の暮しをしている。貧乏人は決して口にしない。彼らが口にしたいのは食い物だからだ。つまり口先の平和は金になると言うことである。

255

人間に必要なのは金と地位と命、私に不必要なのは数字から成る金と名声と命。私は死人の命を生きているだけだから。三島はうまい死に方をしたが、死から逃げることしか能のない日本人の理解するところではなかった。

256

ある愛犬家が、犬に服を着せ人間扱いするのを見て、私の犬が立小便するのは、いかにもマナーに反することだと考え、紙オムツを穿《は》かせたら、「あんたの頭は変だ」と言われた。

257

馬鹿だけで成り立っている日本という国は奇蹟である。ただ外国人は不親切だから、と言うより金儲けのために日本が国家じゃない、ということを教えてくれない。そのうち中国が親切心から、国家じゃないことを教えてくれるからもしれない。そのとき日本人は、日本語に「後の祭」という言葉のあったことを思い出すかもしれない。祭の後しまつは大変だ、という意味である。

258

私がアメリカ人に怨みを抱くのは、原爆を投下したことではない。その後、黒人奴隷のように日本人を奴隷にしなかったことである。その御蔭《おかげ》で、日本人の世界史の知識は十二歳の少年止まりだからである。

259

振り込め詐欺を考え付いた人間は、日本人の本質を知っていた天才である。そして彼らが天才であることがバレるまで、日本人はそれに引っ掛り続けるだろう。

260

地獄を信じる人間も、信じない人間も地獄を生きる人間の心理は分るまい。

261

愛は墓穴《ぼけつ》を掘ることもあるが、オカマはオカマを掘ることしか知らない。私にはどちらの人間の方が高貴なのか分らない。

262

愛の賛歌より、地獄の業歌の方が聞き馴れている。頭のなかで業火な焚火《たきび》をしている。

263

酒は気違い水といわれるが、いくら呑んでも気違いにはなれない。私などは呑まずに気違いになった。

264

他人の不幸は他人《ひと》事であり、自分の不幸は自分事であることを知っているから、人は他人の不幸を平然と見ることができるのだ。人にできることは、他人の不幸に口先だけで同情することである。人間がそうした偽善者であるのに対し、動物は同情さえしない正直者であるから、ペットは愛されるのだ。

265

ランボーは「A《アー》は黒　E《ウー》は白　I《イー》は赤　U《ユー》は緑、O《オー》は青／母音よ　お前たちの秘められた生誕についていつの日か物語ろう…」と書いたから、私は「腹は黒　オナラは透明、鼻血は赤　緑便は緑、貧血は青／人体よお前たちの死体についていつの日か物語ろう…」と書いたら檻の中に入れられ、「いつの日か気違いが物語ろう」という看板が立てられ、入場料が取られるようになった。人間、金になれば天才にも、気違いにもしてしまうものだ。

266

令和に改元されたら、平和憲法も屁和憲法に改められた。

267

博覧強記とは薄乱狂気のことである。人類の歴史はそれを証明している。

268

仕事を終えたら家庭に帰る人を凡人と呼び、仕事を終えたら草場の陰に眠る者を幽霊と呼ぶ。

269

女とは整形して美人になり、金持と結婚しても、結局、生れてくる子供も整形しなければならぬことを理解せぬ頭の持主である。

270

私は親中派である。性暴力を犯した男を宦官にすることを職業としたいが故に、中国史を学んでいる者である。

271

評論家とはまったく本質的なことを言わず、真新しい西洋言語を並べたてて人の気を引く職業である。言わば言語によるファッション・ショウである。

272

女性水着のショウとストリップとの違いは、「あっ、あの女の人は裸だ」と言う少年がいるか、いないかの差である。

273

資本主義社会に、尊敬、誇りという言葉はない。学校で教えることも金儲けである。学校でいじめが流行《はや》るのは、それが金儲けの基本であり、資本主義とは、結局いじめ経済に外ならない。

274

他人のオナラは臭く、自分のそれは快い。同じ成分であっても、世界はこのように解釈される。

275

評論家とは結局、その対象に愛はあっても、才能のなかった者である。失恋者の心と構造は同じである。

276

恋愛とは種を蒔き、金を注ぐと芽を出すものである。しかし現代では恋愛の値段も高くなったから、貧乏男は手に鏡を持ち、スカートのなかの女王蜂を眺め、その蜜の味で我慢するだけである。

277

宗教とは楽にあの世に行くための斡旋業である。どんな不況でも、いや、不況であればあるほど儲かる商売である。

278

結婚の悲惨さは、結婚式の豪華さに反比例する。人間は一般にこの方程式を好む。

279

生き地獄を生きる人間にとって、金はただの地獄の延長戦でしかない。延長戦とは見たくなるものだから、観戦しているだけである。

280

結婚に期待するのは愚かである。恋愛は楽しみであるが、結婚は事業である。それも借金漬けの極めて零細な。

281

有名人とはただ忘却の淵に沈んで行くだけの虚名である。

282

世界とは不運な謎に満ちている。しかし大多数の人間はその謎にさえ気づかず、地獄に落ちて行く。恋愛などはその典型である。

283

恋とは後に「どうしてあんなつまらぬ男（女）に引っかかったのだろう」と思い出される性質のものである。それが人口繁殖の根本原理である。

284

結婚生活とは、つまらない夫（妻）といることを後悔しながらも、それ以上に面白い人生を見い出すことのできなかった男女のすることである。

285

恋とは外見の美しさのようなものであり、結婚とはその腹黒さのようなものである。

286

恋愛において恋人の外装に値札は付いているが、腹黒さの値札は心の中に隠されている。そう考えれば恋愛も結構楽しいかもしれない。

287

結婚生活の楽しさを語れる夫婦は、十分に役者の素質がある。

288

私は性格の不一致と言って離婚する夫婦とは、大抵、金銭上の不一致ではないかと思っている。そう考えると、結婚とは金銭上の一致の上に成り立っているものである。

289

財界人が毎朝食に目刺しを食べると清貧だと褒められ、普通の人が同様の食事をすると、あいつは貧乏人だと言われる。世間とはそれを食《しょく》への嗜好の問題だとは考えない。

290

ベストセラーとは下らぬ本のことである。読者は下らぬ本であるという事実よりも、下らぬ仲間の話題に入れぬことを恐れる。

291

女優とは喋るマネキン人形である。彼女らの容貌は、決して触れることのできぬペンキ塗りたてで出来ている。そして彼女らの仕事は、中味がないのに有るように見せかけ、決して詐欺を働いているように見せぬことを座右の銘としている。

292

私は人間嫌いである。誰も彼も御立派なことを言っても、顔には「欲」という文字が書かれている。私はその欲と係わり合うのが面倒なだけである。ただ欲に憑かれた人間の営みを見ていると、猿の惑星にでも行ったようで結構楽しい。

293

評伝とは、その人物の人形《ひとがた》を語るだけで中味は一切語られない。それは自分のことを考えれば、それが自分にさえ分からぬのに他人になど分るわけがないのと一緒である。

294

他人ばかり見つめていると、人間というものが分ったような気になるが、自分ばかりを見つめていると人間が化物であることに気づかされる。

295

ゴキブリの不幸は、美しい声で鳴くことができなかったことにある。ヒト（民族、国民）を不幸にするのは（ホロコースト、人種差別等は）、こうした些細なことかもしれない。

296

人生とは、男の糞袋と女の糞袋が交接し、そこに糞ガキが生れるだけのことである。それを人間は金儲けとか、美食とか、恋愛とか、ファッションといって気違い芝居にふけるのである。

297

イエス、孔子、ソクラテス、釈迦。私は所詮彼らも糞袋にすぎぬと悟るのに一生を費やした。人生とはそうしたムダな営みである。

298

私にはノーベル賞のようなゴミを貰って喜ぶ人間の心理が分らない。人とは所詮、骨に肉饅頭《まんじゆう》を付けた存在にすぎぬのであって、それを賞で飾ることになんの意味があるのか。

299

学者とは近代を金代と読み、前近代を前《まえ》金代《きん》と読む人のことである。

300

歴史書から学べる唯一のことは、歴史とは常に忘れられるものだ、ということである。だから忘れた頃にやって来るのである。

301

人類にとってもっとも実感のあるのは、戦争とセックスである。まるで神が人口を調節するために与えた本能のように。従って人間にはこれが止められない。

302

厖大な書物に囲まれている思想家は概して馬鹿である。頭の中にあるのは他人の思考ばかりだからである。書物を持たぬ思想家こそ恐ろしい。すべて自分で考えたのだから。

303
テレビ・スターが下品な恰好をすると喜ぶが、普通の人が同じ格好をすると顔を顰《しか》めるのが大衆である。

304
僧侶と売春婦の共通点は、人を天国に導き、財布から金を抜き取ることである。

305
大衆とは下らぬものに群がり、それを高級なものと勘違いする、ある種の天才的異常集団である。

306
書物とは本質的に金儲けのために書かれたものではない。放屁のように身体内にある

307

悪いものを放ち、快い感覚を味わうためのものである。私にはその悪臭を金で買う人間の心理は分らぬが、その悪臭だけは否応なく鼻を突く。

308

腐った人間は豚の臭いがするが、腐った豚は人間の臭いがする。

ゴッホ、ニーチェは天才しか持たなかったから、生前恵まれなかった。そのことは、大衆とは天才より貧弱な才能を愛するものだ、ということの証明である。

309 人の本質とは、悪臭にたかる蠅の如きものである。近代文明とはその下肥《しもごえ》にたかる蛆である。

310 私の前を蟻《あり》が十匹通ったので「ありがとう」と礼を言った。

311 私は腹の白いカラスを見たことがない。白い人間は黒いカラスの腹を持っている。

312 愛国心は金にならぬ（命を落とすことさえある）が、売国心は金になる。戦後の日本人を見ているとそう見える。

313

男は、不毛とはハゲ頭のことでないことを理解しない。

314

軍人は人を殺す覚悟も、殺される覚悟も持たねばならぬが、役人は叱られる覚悟さえあればよい。それもただ頭を下げるだけ。

315

人生とは、その大半を眠り、飯を食い、お丸《オマル》に尻を乗せ、仕事という苦役に時間を費やすことの謂に外ならない。そこから目を逸すために愛や宗教という神話が生れる。

316

人生の大半は苦役であるのに、そこから目を逸すために飲酒し、下らぬテレビ番組を見る。長寿とはそうした掃溜めの一生でしかないのに、人はなぜか長生きしたがる。

317

俳優にはつくづく頭の空っぽな人間の多いことに気づかされる。が、考えてみれば、他人の台詞《せりふ》を入れるように訓練された頭だから、空っぽであるに決まっている。

318

宝飾類で着飾った貴婦人と、石ころで飾った原始人とは、脳味噌の量においては変らない。ただ文明人だと思っている分だけ馬鹿なだけである。

319

ダイヤモンドの結婚指輪を贈り、贈られ喜ぶ男女の脳味噌とは、貝殻を雄鳥から贈られて求愛される雌鳥のそれと変らない。

320

人の美装した心は、人類の人口増加の歯止めのために原子爆弾を使用したという言い方はしない。彼らの心はあくまで敵国の人口調整のために使用してやったのだと言う。

321

人は核兵器廃絶という美しい嘘をつくことによって、かろうじて核戦争から逃れて来た。人がもっとも恐れるのは、これが単なる美しい嘘に過ぎぬと悟ることである。

322

人生とはお丸《オマル》の上に尻を乗せるところから始まり、棺桶という四角い箱の中に尻を置くことで終るだけのことである。

323

棺桶をベット代りに使用していた男が、ある日ベットに寝た感想を言った。「ベットに寝たらつくづく棺桶の心地よさが分った」と。名前を聞いたら幽霊だと名乗った。

324

この気違い染みた人生を上手く生きて行く骨《コツ》は、気違いの振りをすることだ、と教えられたからその振りをしたら、本物の気違いにされた。それを聞いていた女性が思わず嘆声を洩らした。「美人の振りをして美人になれたらどんなに素敵でしょう」と。私はその女性の顔を見て思わず同情を禁じ得なかった。

325

会社に入ったら、ある若い男性が若い女性の手を触っていたから、これも仕来たりなかと思い、その女《こ》の手を触ったら痴漢だと言われ、会社を首になった。彼らは恋人同士だからそうしたことをしてもいいのだそうだ。

その後、私はペットを可愛がる人間の心理が分るようになった。ペットは痴漢をしてやれば喜ぶし、エサをやれば喜び懐いてくれるのに、女は怒鳴り、「きもい」とさえ言う。が、確かに女の直観は鋭い。人間ほど「きもい」ものはない。

326

人間のなかには交尾したいだけのためにスッポン・エキスを飲む奴がいる。そこから生れた子供はスッポンの知恵しか持ち合わせない。たしかに人間界を見ていると、皆スッポン・エキスから生れた人間のように見える。

327

西洋人が利口だと思っているのは、単に人殺しが上手だったからにすぎない。日本人はバカだからそれが分らず、ただ西洋思想を崇拝してバカになる。

328

蝶の死体標本を眺めて興奮するものには、死体解剖医の冷厳さがない。前者は殺すことによって興奮し、後者は死者への哀悼によって興奮する。

329

結婚した男女は、後《のち》に盛《さか》りでしたことを後悔する。それを穴埋めしてくれるのが子供である。子供の無邪気さは、自分が穴埋めの存在であることを知らない。その意味では、結婚とは壮大な喜劇である。

330

平和とは健康な人間が望むものではなく、病人の願いである。病人は戦争のなんであるかを知っている。

331

戦争は健康で、金好きで、女好きの、権力欲の強い者によって引き起こされる。従ってこの世から女を消滅させぬ限り戦争はなくならない。女が消滅すれば人類も消滅し、戦争のない平和な暗黒世界がやって来る。

332

人間皆が手に皸《あかぎれ》を作って働けば、平和はやって来るだろうが、人間は爪にマニキュアを塗って戦争を好む。

333

人間とは他人の死には同情するが、牛豚の死には感動し、美味だといって食う野獣である。

334

女とスッポンの共通点は、食い付いたら離れぬことである。そしてどうしても男が逃れられぬのが、その美味である。そしてうっかり手を出しその天国とも地獄とも付かぬ味に、ようやく辟易し、スッポン料理から離れ一息つくのが、スッポン料理の醍醐味である。それでいて相変わらずスッポン料理屋に通うのが男の本性である。

335

神は雷《かみなり》というおならもすれば、雷光で怒りもする。女房という雷も同じようなものだが、亭主は自然界には逆らえぬものだと諦めて生きる。

336

人生が茶番劇だと気づいたら、そろそろ退場の頃合なのだが、人は端役でも舞台にしがみつく。

337

偽善者ほど立派なことを言う。偽善者かどうかを見分ける目安はそこにある。

338

善人の退屈さとは、その善意に外ならない。そしてその退屈さを、平和という。だから人はその憂さ晴らしに戦争をする。

339

どんな平和主義者も、戦争で死んで行く兵士の苦痛より、自分の便秘のそれの方が現実的である。

340

女とは、ダイヤとガラスの区別もつかぬのに、ただ金額をぶら下げて喜ぶ生き物である。

341

核兵器は無《な》いにこしたことはない。しかし恐怖を常に身近かに置いておくことによってしか、人類は平静さを保てぬ生き物である以上、核兵器はなくならない。

342

愛児を事故で失った親は、できるだけ多く賠償金を取ろうと争う。別に賠償金欲しさに争うわけではない。敵を叩き潰すことによってしか、怒りは治まらぬからだ。

343

人間が屁《おなら》ばかりし、便秘に苦しんでいたら、世界はもっと平和になっていただろう。

344

哲学するとは、哲学者の頭がいかにまともでないかを証明するためのものである。日本人はまともでないことを欲するがゆえに哲学を学ぶ。

345

結婚とは釣り上げたばかりの、甘《うま》そうな雑《ざ》魚《こ》のようなものである。その後は言わずもがなである。つまりテンプラにでもして食ってしまいたいのを我慢しているのである。

346

金持や有名人の死に接すると、私はつくづく平等の有り難さを感じる。

347

「屁《おなら》」と「屁《へ》」との違いは、「おなら」は古都奈良につけられた敬称「御《オ》」のする人のものであり、「へ」は「屁の河童《かっぱ》」のするものである。両者の違いはその雅《みやび》さにある。

348

人は損をさせられると怒る。それによって誰かが得をしたと考えて、喜べぬ生き物である。だから詐欺という言葉が発明されたのである。

349

寄付とは慈善家と偽善者の中間の人間のすることである。つまり悪人が善人面をしたいということである。

350

女が香水を愛するのは自分の屁の香ばしさに感激できるからである。男のバカさ加減は女の屁にまで騙されるところにある。

351

大衆とは、中年のスターが単なるオジさんとオバさんに過ぎぬことを、忘れられる頭の持ち主である。

352

天才とは天才的不健康な思考の賜物である。それに対して考えずに生きるのが動物的健康人である。だから動物園の猿を見て楽しめるのだ。

353

神は人類を生殖と排泄とを同じ場所でするように作った。そのことは生誕の喜びと死という汚穢とは人類の宿命であることを意味する。

354

どんなに美しく着飾り化粧をして歳をごまかしても、中味の変らぬことを理解せぬのが女である。その頭に女の才覚が宿るのである。

355

人間の悲劇の一つに、ういういしい花のような少年、少女も、やがてジジイ、ババアになることである。そしてそこにある喜劇性は、その運命を考えようともしないことである。

356

色仕掛けと機械仕掛けとの共通点は、共に金になることである。人間とは欲仕掛けの生き物である。

357

資本主義における利口と馬鹿との違いは、頭の質ではなくペテン師の才の問題である。

358

馬の尻に鞭を打って走らせるのが競馬であ

り、女に尻を鞭打たせて興奮するのがマゾヒストであり、女の尻に触るのが痴漢である。いずれにしろ人間は本質的にオカマ的存在である。

359

世間とはフーテンの寅さんなら熱狂するが、フーテンの犬さん（狂犬病）なら狂人化するところである。同じ干支《えと》でもこうも変わるのである。

360

都会とは、掃溜めに鶴のいないカラスだけの世界である。ただ金蔓《づる》という鶴がいるだけである。

361

政治家は大衆を食い物にし、人間は牛や豚を食い物にし、女は男を食い物にする。だから人類から肥満はなくならない。

362

チンピラとは、金《キン》ピラになるだけの知恵を持たなかった者の別称である。

363

人類とは、一時の血迷った恋愛感情によって生き延びて来た存在である。

364

小説の登場人物は、下痢も便秘もしない。読者はそれらの現実を忘れられるから、小説を読むのである。その事実はテレビのコマーシャルに、いかに下痢と便秘とのそれが多いかによって証明されている。

365

女は老化による肌色の悪さを誤魔化すために化粧をする。その関係をテレビのコマーシャルが暴露する。

366

動物をいじめることは虐待です―動物愛護協会。美人コンテストの女性が痩せるのは美の愛護です―女奴隷市場協会。

367

生きている気力がなく、死ぬ気力しかない人間が生きているという逆説は、人間にしか成り立たぬ逆説である。

368

地獄絵図というものがあるが、人間とはそんなものを見なければ、自らの地獄が感ぜられぬほど鈍感な生き物である。

369

セックスの最中に「天国」と叫ぶ人間がいるが、そこに人間地獄の始まりがあることを理解せぬほど人類は堕落したから、楽園を追われたのである。

370

私が株式投資をしているは、別に金が欲しいわけではない。私を利用して金を欲しがっている人間を幸福にしてやりたいからである。その意味で私は聖人に近い。

371

私は寄付行為という偽善は好きでないが、それが唯一私という偽善者を生きさせる餌だから私はするのである。

372

私が振り込め詐欺に引っ掛からぬのは、私には振り込め詐欺に引っ掛かるほどの人間性もないからである。

373

人は自分の死ぬときのことを考えずに生きる。私は自分の死ぬときのことを考えて生きる。同じように、人類は自分たちが欲望によって亡ぶことを考えようともしない。私は人類の亡びる時のことしか考えない。

374

ジャーナリスト、学者といった知識人は国民に下らぬ知識を吹き込み、それによって国民に下らぬ政治家を選ばせ、国を亡ぼすための商売人である。

375

聖人・良寛は遊女とおはじきをして遊んだ。現代においてそんな遊女もお客もいない。それができたのは、せいぜい性人・永井荷風くらいである。

376

世の中にはビル群のように嘘八百が並び立っている。詐欺とはそのビルの一つのようなものである。

377

美しく装い化粧をして過した女の一生とは『マネキンの一生』（脳破産《ノーパッサン》作）である。

378

「香典料をいくらにする」と相談するのは、牛や豚の死はできるだけ高値で取引したいが、人間の死はできるだけ安値にしたいということである。

379

私にはキャッシュレスで金が支払われるという理屈が分らない。同様に自分の人生が本当はなにに使われたのかも分らぬのが人間の一生である。ヒトラーのように多額の遣《つか》い込みをやった人間だけが記憶される。

380

馬鹿は死んでも直らないということは、生れて来たことが不幸だと言うことである。

381 無心とは馬鹿になることである。その馬鹿が「考える」から無心者は恐ろしいのである。

382 国家とは賭け麻雀《マージャン》を禁じ、競馬、競輪等で儲けているえげつない暴力組織である。暴力団はヤクに走るしかない。

383 メディアとは、儲かる報道しかしない。それは結局、美名で装った振り込め詐欺でしかない。そんなものを信じる国民の頭など知れたものである。

384
未来人がある惑星に行ったら、豚が人肉を美味だと言って食っていた。特にショウガ焼きが。

385
恋愛とは人口増殖の美名であり、死とは人口減少の汚名である。美名と汚名とによって人口は調節されている。

386
性的変質者とは異常者のことではない。人間のことである。

387
恋愛とは、朝から晩まで相手のことを考える変質者であることを自分に忘れさせる狂気である。

388

愛のためなら死んでもいいと演歌は歌うが、世間は大抵、愛のために恋人を殺す。

389

痴漢とは資本主義社会においては貧乏人のすることであって、金持は痴漢を商売《なりわい》とする店に行ってそれをする。現代とは痴漢格差社会でもある。

390

かつての日本人は教育を「徳」のために行っていた。現代の教育は「金儲け」のためにし、そのために親は「金」をかける。そして「金」の奴隷として一生を過す。

391

ジーパンに穴を空けてファッションだと思っている人間は、頭の中にも穴が空いている。多分、ファッションをファッショの「ンのつき」くらいの知恵しか持っていないのだろう。

392

人間は恋愛というロクでもない感情の下に、子孫を殖してきた。それを愛の結晶だなどと言われ、親の身勝手で捨てられた子は、その結晶を畜生と読み替えて生きるしかない。

393

恋愛結婚とは、相手の両親を見ていずれ自分たちもああなるのだ、ということを忘れさせる色中毒である。

394

人間とは、一方において栄養失調の難民を懸命に助け、他方において丸丸と太った豚を涎《よだれ》を垂らして食う生き物である。

395

私は都会のビル群を見ていると、人工漁礁を連想する。人々は食うために集まって来るのだが、私には食われるために、としか見えない。

396

戦後の日本人は「醜いアメリカの子」である。決して白鳥にはなれない。

397

西洋文明はソクラテスが毒杯を仰いで死んだという茶番に始まり、いまだにその劇を続けている。

398

あるリポーターがホームレスに「どうして生活保護を受けないんですか？」と尋ねたところ、その返事が「税金という他人《ひと》様の金で生活するというのは、ちょっとね…」だった。この国では最早まともな人間は、そんな所にしか住んでいないようである。

399

経済学者の頭の悪さは「格差社会の広がり」などと言うところに見て取れる。資本主義の起源が「主人」と「奴隷」とに基づくものだ、ということを理解しない。

400

役者を演ずる人間とは所詮、金のために動かされているからくり人形である。

あとがき

老いの楽しみは「あいつも死んだか」、と内心ほくそ笑み、その内、自分も同様にほくそ笑まれるだろうと思うことである。

堀江秀治（ホリエシュウジ）
昭和２１年１月　東京に生まれる。
昭和４４年３月　慶應義塾大学政治学部卒業。
昭和５２年４月　家業を継ぐ。

赤表紙の箴言集《しんげんしゅう》　堀江秀治 著

2021 年 7 月 15 日　初版第 1 刷発行

発行者　大石真平
発行所　株式会社エフジー武蔵
http://www.fg-musashi.co.jp
〒 156-0041 東京都世田谷区大原 2-17-6-B1
TEL 03-5300-5757　FAX03-5300-5751
ISBN　978-4-86646-061-1
©SHUJI HORIE 2021 ALL RIGHTS RESERVED
Printed in Japan